［日］楠章子　　著

［日］日置由美子　绘

时渝轩　　译

U0692252

道具店1 可思议的魔法

●目录●

序 ………………………………………………… 1

第一篇　豆狸家的香皂 ……………… 3

第二篇　玻璃瓶中的水滴 ……… 35

第三篇　彩虹色的粉末 ………………………………………… 63

第四篇　有豁口的茶碗 ………………………………………… 93

终章 ………………………………………………………………… 119

序

这一天，常年沾满灰尘的大镜子，被擦得干干净净。

这家店里所有的东西，都积满了灰尘，像用红、蓝、绿等颜色画着飞鸟图的罐子呀，有钟摆的挂钟呀，阶梯式大柜子等等。

总之，这家店里凌乱地摆放着各种各样的东西。

价格昂贵的大盘子旁边，摆放着磨破洞的笊篱以及破旧的平底锅，还有被水浸泡过的皱巴巴的旧杂志成捆成捆地堆在那里。此外还有像天平、玻璃小瓶等东西。

灯泡左右摇晃着，发出橙色的光。

店里只有这一个灯泡，所以显得有些暗。灰尘看起来也就不那么明显了。

沙沙沙沙……

凌乱的桌上，突然爬过一只黄绿色的蜥蜴。

随后，这只蜥蜴迅速钻进桌子上那本厚厚的书里藏了起来。

店主橙花婆婆看着蜥蜴爬过，没有慌张。她自言自语道："再过一会儿，那孩子应该就到了吧。"

随后她便拿起一块柔软的抹布，擦起镜子来。

这面大镜子，已经有一些年头了。

从镜子的木刻边框就可以看出，这面镜子很高档。

过了一会儿，橙花婆婆的身姿便映在了锃光发亮的镜子里。

橙花婆婆满头银发，却留着娃娃头的发型。她穿一身橙色和服，神态看上去有一些严肃。

把大镜子擦干净后，橙花婆婆便不再理会其他家具了。

咕咕，咕咕。音乐钟银制的小鸟叫了起来。已经三点了。

咚，咚，咚。挂钟也开始报时。

"接下来，去喝点茶吧。"橙花婆婆长舒了一口气。

第一篇——豆狸家的香皂

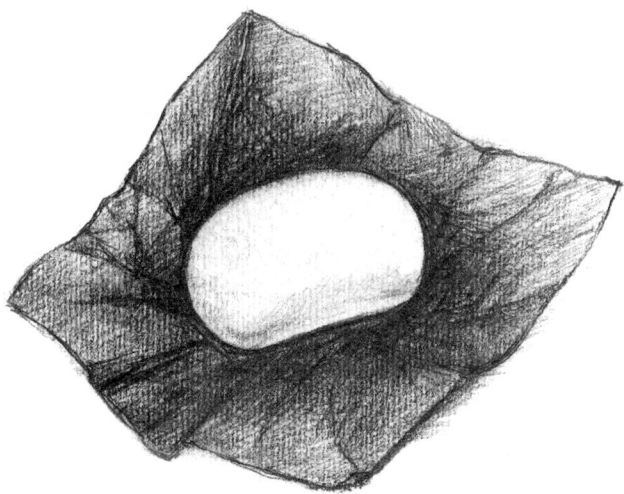

豆狸家的香皂

"哎呀呀，不要不要。"

优子刚给奶奶冲掉背上的水，正想用香皂打泡的时候，奶奶却扭扭捏捏起来。

"怎么了吗?"优子问。

"我不喜欢这个味道。"奶奶无精打采地回道。

"哎呀呀，真是的。"优子有点生气。最近奶奶怎么老是耍小性子呢。

"我真不要。"奶奶不顾背上的肥皂泡，便要走出浴盆。

"那你先别急，让我再好好给你冲一下水。身体还不够暖和呢。"说完，优子便紧紧拉住了奶奶的胳膊。

"奶奶你老这样，我都不知道该怎么办了啊。"

这时优子的妈妈打开浴室的门，伸进头来。

妈妈刚才一直在厨房准备晚饭。一听到奶奶"不要不要"的喊声后，就过来看看发生了什么事儿。

"奶奶好像也不太喜欢这个香皂。"

听优子这么说，妈妈叹了口气。

为了让奶奶满意，优子和妈妈已经买了很多种香皂让奶奶试。

今天用的是一块紫色香皂。这个香皂散发着一股紫花地丁的香味。

"你辛苦了，让我来吧。"

听妈妈这样说，优子便只好走出了浴室。

优子有点搞不懂最近的奶奶了。

自从优子上了小学，奶奶便越来越奇怪。现在优子已经小学四年级了，可奶奶竟然忘记了优子是自己的孙女。

奶奶的这一切变化，和她越来越明显的健忘症有关。去市场购物，她常常忘买东西。一个不留神就忘了自己眼镜塞哪儿了。此外，还经常忘记按电饭锅的开关。

之后，慢慢地记不起来自己是否吃过饭。出门散步，也常常迷路。

优子是从小被奶奶宠大的孩子。奶奶不仅温柔善良，饭也做得特别好吃。所以，每当妈妈外出工作的时候，只要奶奶陪在身边，优子就从来没有哭闹过。

虽说是独生女，优子却从未感到孤单。很大一部分原因就是，一直以来都有奶奶的陪伴与保护。

优子进入厨房，刚喝上一口果汁，耳边又传来了浴室里奶奶耍性子的声音。

"不要，就是不要。"

优子曾经那么喜欢奶奶。可奶奶现在就像变了个人似的。饭也不做了，就连洗澡，也得妈妈随时陪着。像搓背呀，让奶奶身子泡在浴盆里呀这种小事，妈妈都得盯着。现在的奶奶，简直就是一个幼儿园的孩子。

虽然爸爸一再叮嘱对奶奶要耐心一些。优子也一直去努力，但似乎就是做不好。她也不知道怎么做才能让两个人像以前那样融洽。

现在的优子，可以说是一点儿都不想接近奶奶。

"你是谁？"奶奶对爸爸、妈妈和优子，都说过这句话。

听到这话的时候，优子非常吃惊。为了不再听到这句话，优子一直和奶奶保持距离。

实际上，优子和妈妈也知道奶奶喜欢的是豆狸大叔家的香皂。

豆狸大叔是一个卖化妆品的中年小贩，过去每个月会来镇子上一趟。他个头很矮，脖子又短又粗，整个人显得矮墩墩的。鼻尖那里不知为什么，老是红彤彤的。听奶奶说，那是因为大叔刚喝过酒。奶奶以前从豆狸大叔那儿买过香皂。

大叔常年背着一个木箱子来这里卖东西。木箱子里塞满了化妆水、乳液和面霜的瓶子。香皂呢，则一块块被小心翼翼地用茶色的蜡纸包着。

这些被蜡纸包起来的香皂洁白无瑕，散发出一股淡淡的清香，这香味像是某种花的气味。但没有人知道这是哪种花的味道。

总之，这香味闻起来很舒服。

一闻到豆狸大叔家的香皂味儿，全身便会放松下来。

沾上水，打起泡来，那香味就会迅速扩散。一闭上眼，简直像置身在一片花海之中。虽然不知道是什么花，但可以肯定的是，这一定是那种洁白又可爱的花儿。

这时，耳旁又传来了妈妈的阵阵叹息。

"哎呀，还非得用豆狸大叔家的香皂吗?"优子也念叨起来，"也不知道大叔去哪儿卖货了。"

"行脚小贩，都不知道他是从哪里来的。要是不来这儿，想找都没个法儿。唉!"

妈妈又开始叹气。

可是就算再怎么叹气，也只是徒增烦恼罢了。

"大叔到底去哪儿卖货了呢?"

优子可不像妈妈那样，轻易就放弃。

转眼到了星期天。

这一天，优子围上围巾，顶着寒冷的北风出了门。

她打算去找找豆狸大叔。优子觉得要是认真找一找，说不定还真能找到他。于是她准备先从附近的婶婶、老奶奶那里打听打听。

碰到站在报刊亭前闲聊的婶婶、去市场买东西的老

奶奶，优子都去打个招呼，然后问："不好意思，请问您知道豆狸大叔家的香皂吗？"

听优子问，电器店的婶婶说："那个呀，知道知道。"

来店里买灯泡的婶婶也说："嗯，以前用过。他家的香皂、面霜呀，味道很好闻呢。"

一上来，就顺利打听到了大叔的消息！优子接着说："我想买那个香皂。"

"可是，他都不来这儿了呀。""或许已经不卖了吧。"婶婶们遗憾地说。

听到这话，优子有点儿失望。

"是呀是呀，就连我现在也开始用电视广告上那些漂亮的女模特用的化妆品了。"

电器店的婶婶道歉说："不好意思啊，没帮上你的忙。"

"谢谢您，那我再去别处问问。"说完，优子就走出了电器店。

哦，对了。临走前，优子突然想到最后一个问题："那，请问有人知道他是从哪儿来的吗？"

几个大婶异口同声地说："这谁知道呢？"

突然，来买灯泡的婶婶说："呀，对了，你可以去若此堂，找橙花问问看。"

电器店的婶婶也像想起什么似的，说："橙花和豆狸那个家伙关系好，说不定知道他现在在哪儿。"

"嗯嗯。"优子点头说。

若此堂位于从车站进入镇子的大路边儿，是一家古道具店。

店主橙花是一个满头银发，却留着娃娃头的老婆婆。她戴着一副小巧的圆眼镜，经常穿一身橙色和服，一个人经营着那家店。平日她一脸严肃，特别让人害怕。因此跟她说话，可是一件需要胆量的事情。在这之前，优子还从来没有跟她说过话。

不过，也只有她那里有豆狸大叔的线索了。

优子自言自语着。没办法，只好去那儿问一问了。

下定决心后，优子整了整围巾，朝着若此堂的方向走去。

为了给自己鼓劲儿，优子还特意甩开双手，迈开了大步。

"嗨哟，嗨哟，嗨哟。"

不仅如此，她还喊起了号子。

"嗨哟，嗨哟，嗨哟。"

可是，当她到了若此堂门前的时候，双腿还是在发抖。

若此堂的门口随意摆放着有点散架的破椅子、破烂不堪的自行车、古老的大罐子等物件。

这，接下来该怎么办才好啊？透过暗淡的玻璃门，优子探头瞧了瞧若此堂里边。

呼呼呼。

冷风呼啸而过。

优子下意识地抓紧了自己的围巾。

风刮得玻璃门吱吱作响。

呼呼呼。

当冷风再次吹来时，优子借着风势，推开玻璃门走了进去。

一入店内，她就说了句："请问，有人在吗？"

店内有些昏暗，特别安静。

屋顶吊着的灯泡，是店里唯一的光源。

灯泡发出橙色的光，十分微弱。

优子静静地观察着店内的一切。

成捆成捆的旧书凌乱地摆放着。不仅有用高级画框装裱起来的油画，还有脚踏缝纫机。

此外，还有像陶瓷罐、大盘子、虫笼等东西。

突然，她发现了一个像是郁金香花一样的机器。

"那个机器，我曾经在电影里看到过，好像叫留声机吧。"

"欢迎光临。"橙花婆婆从里边走了出来。

一听到橙花婆婆干哑的声音，优子又开始紧张起来。

"啊，唉，其实是这样的……我想问您一件事。"

咚咚，咚咚咚。

心脏似乎就要跳出来了。

"什么事？你先说说自己的名字吧。"橙花婆婆似乎将优子看成了一个不礼貌的孩子。

"啊，对了。不好意思，不好意思。我叫市田优子。"

说完，优子便深深鞠了一躬。

"我叫……"还没等橙花婆婆说完，优子便接话，"您叫橙花婆婆，我知道。"

听着优子的话，橙花婆婆一脸的不屑。

优子直勾勾地盯着橙花婆婆，问："请问您知道豆狸大叔吗?"

"豆狸?"橙花婆婆的眼睛眨了一眨。

"嗯，嗯，我在找豆狸大叔家的香皂。所以想问您，是否知道豆狸大叔的事。"

听完优子的话，橙花婆婆稍加思索后开了口："哦，那个香皂呀。"

之后，她便收拾起堆积如山的古道具来。

优子赶忙说："我来帮您吧。"

谁知橙花婆婆却冷漠地说："别给我添乱。"

"啊，对不起。"优子急忙道歉，老老实实地看着橙花婆婆的一举一动。

看起来，橙花婆婆对堆得满室狼藉的古道具了如指掌。什么东西在什么地方，她都一清二楚。

"好了。"只见橙花婆婆从放着黑色电话机的柜子上，拿出了一个满是灰尘的木盒。

她一边念叨"有了，有了"，一边掸去灰尘打开了木盒。

木盒里放着一块用茶色蜡纸包着的香皂。

呀呀呀，优子激动得眼里直放光。

"豆狸那家伙住在深山里，最近都靠不住事儿。怕是又喝得大醉，顾不上做香皂了吧。"

橙花婆婆从盒子里拿出了香皂，放在了优子的手上。

优子兴奋地说："我买，我买。多少钱呢？"

"这个呀，怕是都卖不成了。东西太旧了，我不敢保证它的质量。"橙花婆婆说完，让优子打开了蜡纸。

听橙花婆婆这么吩咐，优子便慢慢地打开了蜡纸。

香皂有些发硬，还出现了一些裂痕。样子看上去很旧，表面也有一些干燥。

而优子记忆中的豆狸大叔家的香皂，可比这个要更光滑一些。

难道？

优子将鼻子凑近去闻了闻，完全没有味道。

"这东西，我可不能要钱呀。"橙花婆婆用手摸了摸发硬的香皂。

优子感到一阵失落。这旧香皂可没有浓郁的花香啊。看到这样的香皂，奶奶也高兴不起来吧。

看见优子这样失落，橙花婆婆说："这样吧，我给他送个信。"

"送信？您是说给豆狸大叔？"优子兴奋地抓住了橙花婆婆的衣袖。

橙花婆婆"哼"了一声，一脸的不高兴，甩开了优子的手。

正在这时，留声机里突然传出音乐声。明明没人去动开关，唱片却开始动了起来。

似曾听过的英文歌，瞬间响彻了若此堂。

橙花婆婆将收银台旁边的音乐钟拿了过来，音乐钟里安装着一只银质小鸟。

"来吧，动起来。"橙花婆婆一边说着，一边用手摸了摸银质小鸟。

小鸟缓缓地张开了原本收起来的翅膀。

"哎，呀，这……"优子惊呆了。

"这可是音乐钟。"只见，橙花婆婆用食指摸了摸小鸟。小鸟便拍了三下翅膀，飞离了音乐钟的台座，最后稳稳地落在橙花婆婆的手指上。

"这到底是什么音乐钟呀！"优子在心里感叹着。

橙花婆婆对着小鸟说："有人想要你的香皂。"

小鸟发出尖锐的声音，重复着橙花婆婆的话："有人想要你的香皂。"

橙花婆婆接着说："你能不能来镇子一趟呢？"

小鸟重复着说："你能不能来镇子一趟呢？"

"好了。"橙花婆婆脸上挂着满意的笑容，打开窗户，放飞了小鸟。

这时冷飕飕的空气从小鸟刚刚飞走的窗口飘了进来。

橙花婆婆对着大惊失色的优子说："你明天再来吧。"

优子赶忙点头说："嗯嗯，我明天再来。"

很快到了星期一。

放学后，优子从学校直接奔向若此堂。

优子一边说着"我来了"，一边推开门进入店里。刚进入店里，优子便惊讶地叫了起来。原来，橙花婆婆的旁边坐着一个男人。这个男人不是别人，正是豆狸大叔。大叔一点也没变，还是像从前那样，鼻尖红红的，矮矮胖胖的。

豆狸大叔笑眯眯地看着优子，说："就是这个姑娘想要我家的香皂吧。"

待豆狸大叔一说完，优子便闻到一股酒味扑面而来。

优子打起精神说："对，就是我呀。"

"可是，对不起啊。我现在不做香皂了。就算做了，也都卖不出去。"大叔的表情里充满了歉意。

"啊……"优子失望地低下了头。

"真是一点用都没有的老狸猫啊。"橙花婆婆用冷冰冰的眼神看豆狸大叔。

老狸猫？

这个词引起了优子的注意。不过她没有多问。

这时豆狸大叔说："橙花，不要那样瞪着我嘛。咱们可是老交情了。为了见你这个老朋友，我可是特意从山里过来的啊。"

"哼。"橙花婆婆还是一脸不高兴。

"原来还抱挺大希望的。"优子盯着豆狸大叔，心里这样想着。

难道就真的没希望了吗？

这时，橙花婆婆将音乐钟递给了失望的优子，并说："这样的话，那这个借给你吧。我欺骗了你。"

银质小鸟已经回到音乐钟里。可是，不管优子怎么摸，银质小鸟都一动不动。

"我想要的是香皂，不是音乐钟呀。"说完，优子就要将音乐钟还给橙花婆婆。

"可是，我骗了你呀。"橙花婆婆没有接受音乐钟，还把那块没有味道的香皂也给了优子。

"为什么说骗了我？这块香皂带回去，妈妈要失望的吧。不过，橙花婆婆都这样说了，只好拿回去了。"

最后，优子没有拒绝橙花婆婆。她将香皂塞进口袋，然后抱着音乐钟离开了若此堂。

优子无精打采地回到家，悄悄溜进了二楼自己的房间里。

要是妈妈问这个钟的事儿，可就麻烦了。优子原本想，悄悄地拿着豆狸大叔家的香皂，给妈妈一个惊喜，也让奶奶好好高兴高兴。

"唉。"优子也学着妈妈发出了叹息。

优子将香皂和音乐钟放在了书桌上。

五点了。

咕咕，咕咕。音乐钟开始转动起来。

咕咕，咕咕。银质小鸟也开始动了起来。

小鸟的动作不再像橙花婆婆触动时的那样缓慢柔和，跟常见的机械钟转动没什么不同。

咕咕，咕咕。简直就跟普通的机械钟转动一样。

在若此堂，银质小鸟像有了生命一般，从音乐钟的台座上飞了起来。

可那样神奇的事情，不可能再发生了吧。

"请解开凝固的时间。"

银质小鸟以尖锐的声音，突然说出这样一句话。

"这是怎么回事？"优子吓了一跳。

不管优子怎么慌乱，小鸟继续重复着刚才的话。

"凝，凝，凝，凝固的时间。"

"凝固的时间?"优子皱了皱眉头。

小鸟继续重复着："请解开凝固的时间。"

紧接着，优子也跟着念了起来："请解开凝固的时间。"

请解开凝固的时间。

这到底是什么意思?

"喂，这话什么意思呀?"优子问小鸟。

小鸟却什么都没有回答。

"这可怎么办呀?"

优子执着地问了小鸟几次，而小鸟则依然沉默。

怎样才能将凝固的时间解开呢?

凝固的时间，难道是优子马上就要忘记的过去?

优子陷入沉思。

忘记的过去……

那是自己和奶奶共同的回忆。

优子想起了秋分时节，奶奶做的红豆饼。那红豆饼非常好吃。

小时候特别害怕去看牙医。每当优子从妈妈身边挣扎着逃开后，奶奶就会把她藏在桌子底下。

奶奶教自己用旧毛巾缝抹布。藏针缝和收线的手法也都是奶奶教的。

"啊，对了。"优子又想起另一件事儿来。

"奶奶还经常陪我玩石头剪刀布。"

还有，还有……

回忆里有趣的事情，逐渐浮现在脑海。

"嘿嘿，嘿嘿。"

优子越想越开心。

咕咕，咕咕。音乐钟又转动起来。

优子将目光转向音乐钟，突然发现音乐钟的指针在倒转。

音乐钟的指针在逆时针转动！

难道时间在倒流？

优子急忙走出房间下了楼梯，奔向奶奶的房间。

优子想或许时间能够倒流，奶奶也能像以前那样。

坐到奶奶身边，优子颤颤巍巍地开口。而奶奶正在剥橘子。

奶奶转过身来。她的外表没有任何变化。也就是说，奶奶并没有回到过去。

优子开口说："奶奶，您还记得吗？"

"……"奶奶依然不说话。

"奶奶，您每到秋分都会给我做红豆饼。我特别喜欢吃，简直太好吃了。对了，我常常偷您刚刚蒸好的糯米吃。好怀念那个时候啊。"

"哦，还有这样的事？"奶奶嘀咕了一句。

"您还记得吗？"优子提高了嗓门问。

奶奶笑了起来。

优子躲进了桌子底下，继续说："那您还记得，每当我害怕去看牙医时，总是您保护着我。看，就是这样，我缩着身子藏在这里。"

"你那时候可是个胆小鬼呀。"奶奶用温柔的声音说。

优子突然想到，说不定我藏在被窝里，奶奶能叫出我的名字来呢。

试着问一下吧："奶奶，我是谁呀？"

优子最终还是没有问，因为优子怕奶奶回答不出来。

从那以后，优子每天都会去奶奶的房间。和奶奶说一些过去的回忆。现在，优子的脑海每天都充满了回忆。

原来过去和奶奶在一起的温馨时刻，一直都藏在优子的记忆深处。

而如今，这些回忆慢慢地浮现出来。

奶奶总是眯着眼睛听着优子的回忆，并不住地点头。

但，这并不意味着奶奶想起了过去的事情，也不意味着她不再忘记刚刚发生过的事情。奇迹可不是那么容易发生的。

不过看到优子和奶奶像从前那样温馨相处，妈妈还是特别高兴。

"奶奶最近心情特别好，常常被优子逗笑了呢！"吃晚饭的时候，妈妈高兴地对优子的爸爸说。

凝固的时间，或许就这样一点点被解开了吧。

"优子可是从小被奶奶宠大的孩子呀。这也算是报恩吧。"

爸爸手拿着啤酒杯，他的心情看起来不错。

报恩……

优子突然醒悟过来。

当跟奶奶说起过去的回忆时，她都会想起，小时候奶奶是多么疼爱自己啊。

"奶奶过去这么宠爱我，可我却都忘了呀。"优子小声嘀咕着。

优子在内心深处开始反省自己："奶奶，一直以来真是对不起您啊。"

吃完晚饭回到自己房间，奶奶宠爱她的往事浮上心头。想起这些，优子哭了很久。

音乐钟还是以逆时针转动着。

这时，身边飘来了令人怀念的清香。这清香就像鲜花散发出来的味道。

优子忙拿出抽纸，擦了鼻子。哭了那么久，鼻子都塞住了。

鼻子一通，优子突然意识到，这香味就是那个香皂的味道。豆狸大叔家香皂的味道！

优子将香皂紧紧抓在手中。这块香皂拿回来，就一直被放在桌子上。

原本有了裂缝，也已经发硬的香皂，这会儿却特别光滑。摸起来跟之前用过的豆狸大叔家的香皂一模一样。这真是一块光滑又洁白的香皂啊！

优子赶忙跑下楼梯，叫着"奶奶"。到了门口，她兴奋地掀开了奶奶房间的门帘儿。

"泡澡去吧。"优子微笑地对奶奶说。

"石头，剪子，布。我赢啦。"当泡在水里的时候，优子哼了起来。

奶奶心情也不错，泡在水里听着优子的哼唱。

"我们一起玩儿吧。"奶奶将泡在水里的手伸了出来。

"好呀，好呀!"优子激动地说。

她们玩儿的是一种边唱歌边玩石头剪刀布的游戏。两个人伴着歌的节奏，将手掌合在一起。

优子从水里伸出手来。

"来吧。"奶奶已经做好了准备。

优子也做好准备，唱了起来。奶奶也跟着唱。

"石头，剪子，布。我赢啦。"优子和奶奶一同唱着歌，做着游戏。

优子出了一个石头，奶奶出了一个剪刀。

"我赢啦，我赢啦。"优子唱着，将手放回了水里。

水花溅了起来。

"你看，你看。"奶奶用手擦了擦溅在脸上的水。

看到这，优子咯咯咯地笑了起来。

似乎是出于好玩，优子将浴缸里的水哗啦啦地扑打起来。

"你看，你看。"

奶奶越是让她小心一点，优子就越是高兴，玩得也就越是起劲。

玩够了后，优子便走出了浴盆。

接下来，该用香皂打泡了。优子用湿毛巾将香皂包起来搓了又搓。不一会儿，光滑的肥皂泡便弄好了。

一股清香慢慢地扩散开来。

这时奶奶闭上了眼睛，优子也跟着闭上了眼睛。

山中静谧的花田里，洁白可爱的花随着柔和的风四下摇摆。

"豆狸家的香皂，真是太好闻了。"奶奶呢喃着。

"嗯，是呀是呀。"优子强忍着泪水，不住地点头。

她知道，这时候要是哭出来，奶奶会担心的。

平复了想哭的冲动后，优子让奶奶从浴盆里站起身来，然后用水给奶奶冲了冲背。

"简直太好闻了呀。"奶奶反复地说着这句话。

奶奶沉浸在令人怀念的清香之中，看起来十分开心。

太好了，优子心里想着。

奶奶能这么开心，真是太好了。

正在这时，奶奶用沙哑的声音说："谢谢你，优子。"

优子深吸了一口气。

奶奶，她刚才叫我的名字了！

香皂的清香，环绕着整个身体。

到了第二天。

优子一从学校回来，就扛着小鸟音乐钟去了若此堂。

恰好，橙花婆婆和豆狸大叔正站在店门口说话。

"你好。"优子打招呼说。

橙花婆婆看着音乐钟，说："看来是起了点作用呀。"

"奶奶还没有完全恢复。"优子回答说。

"但你看起来很开心呀。"

"嗯，好像是呢。"

听橙花婆婆和豆狸大叔这么说，优子笑了起来，然后说："因为我知道该怎么做了。"

优子将音乐钟归还给了橙花婆婆。

豆狸大叔将红彤彤的鼻子凑了过来，闻了闻优子身上的味道。

"是我家的香皂的味道啊。"

豆狸大叔眼角有些湿润。

"还能闻到味道吗？我可是昨晚泡的澡呀。"

"我鼻子很灵的。"说完，大叔还摸了摸自己的鼻子。

"就你这鼻子……"橙花婆婆一脸不高兴，打断了豆狸大叔的话。

豆狸大叔无奈地拍了拍额头，然后说："以后我少喝点酒，再慢慢做一些香皂吧。看来，我的香皂对人类还有点用处呀。这可是一件令人愉快的事情。"

人类?

优子对这个词语很感兴趣。她刚要问这是什么意思的时候，豆狸大叔已经起身离开。

他扔下一句"再见"，便头也不回地走了。

"啊!"优子突然发现，豆狸大叔的屁股上长出了毛茸茸的尾巴。

"啊，那个是?"当优子刚想问橙花婆婆的时候，橙花婆婆也说了一句"那么，若此这般"，随后便走进了店里。

玻璃门砰的一声关上了。由于跟室内的温差，玻璃门已经蒙上了一层水汽。透过模糊的玻璃门，店里的情形也只能看个大概。店里依旧凌乱不堪。橙花婆婆从架子上拿出一个朱红色的酒杯，紧接着便开始端详起来。

店门外，有些散架的破椅子、破烂不堪的自行车、古老的大罐子等东西还在那儿放着。

或许，这些都不是普通的旧破烂吧。优子看着破旧的椅子，这样想着。

似乎破烂不堪的自行车、古老的大罐子都藏着不可思议的力量。

橙花婆婆，到底是什么人呢？

若此堂这个摆满各种奇怪物件的店，和它的店主橙花婆婆，到底是怎样的存在呢？

优子有很多疑惑想问橙花婆婆。

但她知道即使问了，橙花婆婆也肯定是摆出一副严肃的表情，然后什么都不回答。

优子对着手套哈了口气，暖了暖自己的手。

呼呼呼。北风吹过。

"好冷啊。还是回家吧。"

优子打定主意，绝不向任何人说起豆狸大叔有尾巴这件事。

如果一直保守这个秘密，说不定哪一天再有麻烦的时候，橙花婆婆还能伸出援手呢。

又或者，不久的将来豆狸大叔还会给她香皂呢。

第二篇 —— 玻璃瓶中的水滴

玻璃瓶中的水滴

"喂，你那种吃相可不好啊。不太有教养。"

被爸爸这么批评，明实便放下了筷子，反问："吃自己喜欢吃的东西，有什么不对？"

听明实反驳，爸爸更加严厉地说："凉拌芥菜花、味噌汤、炸肉饼。这样吃营养均衡，你知道吗？"

明实一脸的不高兴，噘起了嘴。

"你那是什么表情？"爸爸声音低沉，显然是有些生气了。

明实很不喜欢爸爸动不动就生气。

简直是太烦了。

看到明实的表情，爸爸依旧不依不饶，说："我可不想听到别人说，那孩子没妈妈管，没有教养之类的话。"

明实实在难以忍受爸爸的叱责。

别穿太短的裙子，不要打那么长时间电话，给我好好学习，别玩游戏了等等。爸爸每天就知道说，别干这个，别干那个。就连吃晚饭这种小事，爸爸都说这说那。明实真的有点受不了了。

妈妈去世的悲伤和爸爸的叱责搞得明实焦虑不安。

"给我听好了。爸爸真心希望你能像个成熟的大人一样……"

"我这不打算去吃炸肉饼再吃其他的！"明实已经不能静下心来听爸爸的唠叨了。

爸爸总是一副说教的姿态，把自己认为对的事情说来说去。

"喂，明实，你在听我说话没？"

冲着越来越大声的爸爸，明实喊道："我不想听！爸爸，您说的话，我再也不想听了！"

当面跟爸爸顶嘴，这还是第一次。

换来的，是爸爸更加大声的叱责。

明实真的是太讨厌这样的爸爸了。

"您别说了。"扔下这样一句话，明实就要离开饭桌。

"饭还剩着呢。"爸爸拉住明实的手。

"不吃了。"明实甩开爸爸的手。

"你给我站住!"

明实听见了爸爸的这句话。可她还是走出厨房,直接出了家门。

听见门咚的一声被关上,爸爸焦急地喊:"都这么晚了,你去哪儿?"

"才不要你管。"赶在爸爸追出来之前,明实急忙跑出了家门,可她的眼泪却止不住地流了下来。

一时赌气跑出来的,所以身上一分钱都没带。明实边哭边想,没钱可坐不了电车,也就哪儿都去不了。而且天色也晚了,这时候也不能找朋友玩儿。

只好去公园了。

明实突然想到,现在应该有很多人在公园里赏花。公园一定特别热闹。如果这样,晚上也没什么可害怕的。而且人多的话,爸爸也很难找到自己。

公园的入口处,有几处货摊。

有烤乌贼的、钓水球的,还有套环的、卖棉花糖的。

烤乌贼的那家的调味汁还散发出来阵阵香味。

这些东西是越看越想要。所以明实忍住不去瞅那些货摊，径直要走进公园里。

正在这时，突然有人叫住了她。

"喂，那个姑娘，能不能把你的眼泪给我？"

原来是一个四方脸、嘴巴很大的大叔。他系着围裙，手里还提着一个黑色的大包。

"嗯？"明实疑惑地看着这个大叔，眼角还嗒嗒地掉着眼泪。

只见大叔打开黑色的大包，从中拿出了一个一个小瓶子，说道："那眼泪，嗯，一滴也可以。怎么样？要不要跟这个小瓶里的水滴交换一下呢？"

明实眼含着泪水，盯着大叔看。

大叔用右手的大拇指和食指夹住玻璃小瓶，并轻轻摇了摇，继续说道："这小瓶里的水滴，可是我家的推荐商品哟。"

明实想了想：说什么推荐商品，要是卖得太贵，可就麻烦了；说什么和我的眼泪，简直听不懂他在说什么。

"我是水滴商会的，经营各式各样的水滴。"

说完，大叔便从黑色的大包里拿出一块蓝色的布，铺在了地上。随后，迅速地将玻璃小瓶儿摆放在了上面。

仔细一看，这些小瓶儿都各有不同，有圆的、尖的，还有被雕成结晶状的、心形的、星星状的……一眨眼的工夫，货摊就摆好了。

"这个一喝呢，皮肤就会变得光滑。深受女性朋友们的喜爱哦。这瓶呢，喝上一滴就能睡上百年。还有这个，能够让你获得清亮的嗓音。再看看，还有很多种哦。"大叔将小瓶一个个拿在手上，进行说明。

"接下来给你看看我的特别推荐。只要在眼皮上滴上一滴，就会发生很奇妙的事情。你能看到那个世界的东西。换个说法就是，你能跟那个世界的东西碰面！"大叔将刚才的那个小瓶递到了明实的眼前。

"那个世界的东西？"明实歪着头想了想。

大叔张开嘴，做了一个笑脸。

"那个世界，是天堂吗？"明实问道。

"怎么说呢，也不一定就是天堂。总之，不是我们的这个世界。"大叔回答。

"那，我可以见到妈妈?"

明实立刻兴奋起来。一年前明实妈妈因病去世。能见到妈妈，那可真像做梦一样啊。

大叔不紧不慢地说:"应该可以见到。"

明实深吸一口气说:"请把这个给我吧。我身上没钱。不过听您说可以用眼泪换，是真的吗?"

大叔回答:"嗯，没错。"

其实，这时候明实已经不流泪了。但一想到妈妈，她又开始哭了起来。

"这眼泪可太漂亮了。"大叔开心地说着，并将明实的眼泪装进了一个新瓶里。然后，他将刚才的小瓶递给了明实。

明实闻了闻瓶子，不过似乎什么味道都没有。

"好了。"明实将瓶身倾斜，把液体倒在左手心上。为了不洒出去，她小心翼翼地用右手指蘸了蘸，涂在了眼皮上。只觉得嗖地一下，液体便渗透了进去。

能够见到妈妈……

明实已经难以抑制心中的兴奋了。

但好像没什么反应啊……怎么一点变化都没有？

"这该不是普通的水吧？"明实问道。

"好好看看周围吧，姑娘。"水滴商会的大叔用手指了指一棵巨大的樱花树。

听大叔这么一说，明实就朝着樱花树的方向看去。突然间她发出一声悲鸣："啊，啊啊！"

大叔很得意地笑了起来。

巨大的樱花树下，头上长着角的大叔们正在一边喝酒，一边跳舞。

除了缠在腰上的布以外，这些长着角的大叔几乎什么都没穿。

他们的脸是红的，张开的嘴里露出了锋利的牙齿。

那些，难道是鬼怪？

想到这儿，明实浑身颤抖起来。

"呀，哎呀哎呀。花好看酒好香。喝起来跳起来。哎呀哎呀。"鬼怪们开心地喧闹着。

花园里到处都是来赏花的人，显得特别热闹和拥挤。

唯独那些鬼怪所在的大樱花树下，完全没有人。

"我可以看到，可以看到。"明实的心脏咚咚咚跳个不停。

水滴商会的玻璃瓶，好像真的起作用了。

可是，我要见的可不是这些害怕的东西。我只想见妈妈。

"妈妈，我想见您。"明实在心里呼唤着妈妈。

这时，樱花的香味飘来。夜晚的樱花，在黑夜中显得特别漂亮。

明实四处看了看，想找一找妈妈。可是看到的却是喝酒的鬼、穿着和服跳舞的狐女、一边敲打肚皮一边唱歌的狸猫、耳朵尖尖满脸皱纹的老头，还有跟樱花树一样大小的巨汉。

水滴商会的大叔对已经目瞪口呆的明实说："喂，姑娘，你是不是很讨厌你爸爸呀？"

明实沉默着，并低下了头。

这个大叔，怎么会知道这些事情？

见明实不说话，大叔继续说道："你妈妈可不会那样

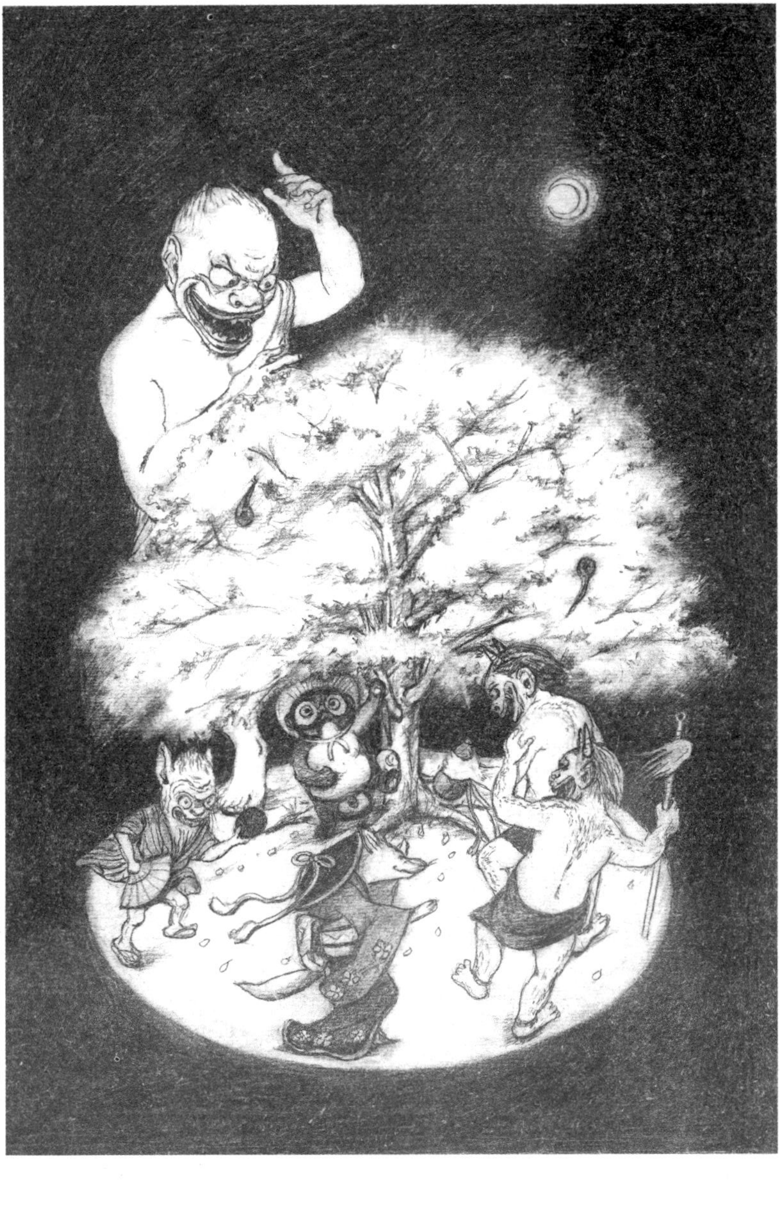

说你。"

"妈妈可不会那样啰啰唆唆。"明实轻声嘟囔着。

"对呀。真让人心烦,是吧。"说完,水滴商会的大叔把手搭在了明实的肩上。

"要是你愿意的话。"大叔说道,"不如来这边的世界吧?"

明实惊讶地说:"您说的是,去那个世界?"

去那个世界,就是要死吧。这可太突然了。

"这个,这个……"明实甩开了大叔的手。

"来这边的世界,你很快就能见到你妈妈。而且,我们这边也不一定都是坏人呀。"

大叔继续说着。

鬼们哈哈哈的笑声、狐女的哄笑、狸猫们跑调的歌声,响彻了夜晚的公园。

明实越想越害怕。

"姑娘,你刚把眼泪给我了。还记得吧?将眼泪交给我,就等于把灵魂给了我一样。你可逃不掉!"大叔露出凶狠的目光。

明实大声喊道："你刚才可没跟我说这个！"

什么把眼泪给你，就是把灵魂交给你，你刚才没说过这些话。

明实的声音实在太大。远处的鬼、巨汉、狐女都朝这边看来。

"唉，那不是人类吗？"

"活着的人类呀。"

"人类的姑娘好漂亮呀。"

啊哈哈、啊哈哈哈！

明实吓得差点尿出来，砰地一下就撞开大叔，拼命向公园的入口处跑去。

可无论她怎么跑，就是到不了入口。

这是她经常来玩的公园。入口明明就在那儿，可到入口的路却怎么也跑不完。

正在这时，嗖的一声，一个樱花色的火球出现在眼前。

"鬼，鬼火！"

难道这就是传说中人死去后的灵魂，那个叫鬼火的东西吗？

"一边去！"明实想把火球推到一边去。可是不管她怎么推，火球始终都在她身旁绕。

突然，一个声音说："这边……"

这声音不像是从外部传到耳边的，倒像是直接从明实的脑海里传出来的。

"明实，快跑，快来这边……"

这个声音明实再熟悉不过了。这是妈妈的声音。

"妈妈？"明实朝着火球叫道。

火球默不作声，只是重复着这句："快点来，快随我来……"

"嗯。"明实决定跟鬼火球走。

也许这又是什么东西假扮来骗我的。但就算这样，我也不能无视这个熟悉的声音。

"这边、这边……"

樱花色的火球轻飘飘地移动着，指引着明实。

路不那么昏暗了。月光皎洁，鬼火球也为她照亮了前面的路。

水滴商会的大叔和那些鬼也没有追上来。

明实终于放心地摸了摸胸口，喘了喘气。

就这样跟着鬼火球，不久便来到了一段险峻的山路。树木繁茂，到处是枯草和枯叶。已经分不清哪里是路了。一股潮湿的泥土味儿扑面而来。

这儿到底是什么地方，又通往哪里呢？

"呼哧、呼哧。"明实有点喘不上气儿了。

就在这时，脚底下不知道什么小东西嗖地一下爬了过去。

仔细一看，原来是巴掌大的小鬼。

"啊啊，有小鬼。"明实吓得跌倒在地上。

小鬼也被重重摔在地上的明实吓了一跳。

这时，火球发出声来："小心点……"

明实眨了眨眼，站了起来。

"这儿，到底是什么地方？"明实问火球。

"快，走这边儿……"

火球并未理会明实，仍然轻飘飘地向前移动。

明实默默地跟着鬼火球。反正已经没法回去了，只好跟着了。

明实的心里，一半是不安，一半是被妈妈牵着时的那种温暖。

就这样，不知不觉中火球在一家店的门前停了下来。

虽然已经深夜了，那家店里仍然开着灯。店门口，杂乱地摆放着各式各样的旧道具。

掉了边儿的大盘子、涂着黑漆的木板、把手已经磨掉的篮筐、生锈的油灯、旧书旧杂志等等。

樱花色的火球迅速穿过玻璃门，钻到店内去了。

欢迎欢迎……

火球呼唤着明实。

明实很害怕走进这家陌生的店里。但听到火球在叫她，于是便鼓起勇气，推开玻璃门走了进去。

店内比店门口更加凌乱。

台阶柜的斜梯上，放着一些碎布片。这些碎布片是做漂亮的和服时剩下的。

柜子的旁边，是一个看起来很贵重的纯白色罐子。在它的斜上方，挂着一幅有些褪色的地图。此外，地上还有一些破旧的平底锅、炒锅之类的破烂儿。

看样子，这里是一家旧道具店。

"谁呀？"从店里走出一个留着少女头，却满头银发的老婆婆。这个老婆婆穿一身橙色和服，戴着一副小巧的圆眼镜。

"啊，我，我。"明实一时不知该说些什么。

她不知道怎么去解释自己为什么来到这里。老婆婆看了一眼旁边的鬼火球，然后说："看来是在妖怪那儿经历了一番折腾啊。"

"我是从鬼和巨汉那里逃出来的。他们要是追上来，可千万不要开门啊。"明实哭着说。

"噢，在你说这些之前，"老婆婆努了努鼻子，继续说，"咱们是第一次见面。第一次见面，你能不能先说说自己叫什么？"

说完这些，老婆婆透过眼镜片继续盯着明实。她态度冷淡，脸上丝毫没有笑意。

被老婆婆一直这么盯着，明实的身体开始变得僵硬起来。

"我叫线井明实。"

看着明实紧张地说出自己的名字后，老婆婆的目光才变得柔和起来。

老婆婆说："我叫大原橙花。这儿呢，是我的店，叫若此堂。"

明实问："橙花婆婆，您是人吧？"

走了很奇怪的路才来到这里。说不定这个看起来像人的老婆婆，也是妖怪呢。她的店也是那个世界的店。

"你虽然是人，但眼睛好像能看到一些奇怪的东西呀。"说完，橙花婆婆又努了努鼻子。

"您怎么知道的呢？"明实问。

"是那个鬼火球告诉我的。"说完，橙花婆婆看了看樱花色的鬼火球。

"那个鬼火球可能是我的妈妈。"明实说。

"有可能？"橙花婆婆重复着这句话。

"我现在只能看到这个火球。我想见到妈妈，于是就拿了瓶子里的水。可只能看到一群可怕的妖怪。"明实有些垂头丧气。

"可真是呀，那个奇怪的水滴商会大叔骗了你。明实呀，你可真是个笨蛋啊。"

"您认识那个水滴商会的大叔？"明实突然来了兴趣。她想知道这个橙花婆婆到底是什么人。

"那这样，你先闭上眼睛。"说完，橙花婆婆从里边的柜子上拿出一个朱红色的酒杯。

"啊，好的。"其实，明实有一点点犹豫。说不定自己刚闭上眼睛，橙花婆婆就变成可怕的妖怪。要是把自己吃了，那可就完蛋了。

"不要犹豫。你想见到你妈妈，对吧。"橙花婆婆似乎已经看穿了明实的犹豫。

"明白了。"说完，明实便闭上了眼睛。

"听好了，深吸一口气。"橙花婆婆说道。明实照着她说的，深吸了一口气。

"要用心去看。"橙花婆婆轻声说道。

用心看……

明实再次深吸了一口气。

黑暗中，她看到了一块模糊不清的东西。

颜色是深灰色……不，是樱花色。

是鬼火球吗……不对，看样子那东西比鬼火球还稍大一些。

慢慢地，她发现原来那是一个人，一个女人。

女人穿着樱花色的连衣裙。裙子的下摆随风飘动着。

她的头发扎成一束。

"妈妈。"明实大声呼喊着。只见这时，女人朝她挥了挥手。

"妈妈。"明实紧紧地抱住了妈妈。

"唉，你可不要老惹爸爸生气了呀。"没想到，妈妈一开口就教育起自己来。

"可是……"明实低下了头。妈妈便抚摸着她的后背。

"要是你跟爸爸关系不好，妈妈会难过的呀。"

"可爸爸无论什么事，都啰里啰唆的。"妈妈刚一说完，明实便开始诉苦。

于是妈妈便耐心教导起明实来："爸爸也是关心明实，才那么说的呀。"

听了妈妈的话，明实不知该说些什么。的确，爸爸是关心自己，才啰里啰唆的呀。

"懂了吗？"妈妈问明实。

明实轻轻地点了点头。

"来，如此的话，把这个给眼皮涂上。"橙花婆婆将朱红色的酒杯递给了明实。

明实闭上眼睛，接过了酒杯。酒杯里盛着透明的液体。明实闻了闻，没有味道。

"这是回还水。"橙花婆婆说。

"涂上它，一切就会变回原样了，明实。"

在酒杯的上方，妈妈轻轻握住左手，然后慢慢张开。只见从妈妈的手掌里落下一片片樱花花瓣，掉进了酒杯里。

"涂上这个水，你就再也看不见鬼呀、狐女之类的东西了。你和那个怪大叔之间也就没有任何联系了。"妈妈微笑着说。

明实看着掉落在酒杯里的樱花花瓣。

涂了这个，就能回到原来的世界。再也看不到那些可怕的妖怪了，也能逃离水滴商会那个大叔的魔掌了。可是，……这样的话，连妈妈也看不见了。

一想到再也见不到妈妈，明实便没有立刻涂上酒杯里的水。她自己没有信心做到和爸爸和睦相处。也许，去妈妈的那个世界更好一些吧。

看到明实的犹豫，妈妈说："就当替妈妈活下去，好吗？"

"可是……"见明实还在犹犹豫豫，橙花婆婆说了句"快点"，然后便把手放在了胸前。

"我在用心看。"明实轻声说道。

"爸爸在等你哟。"妈妈微笑着说。

看着妈妈的微笑，明实不再撒娇。她将食指放进酒杯里，然后将蘸着回还水的手指按在了眼皮上。嗖地一下，回还水就渗入到眼皮里。之后，明实战战兢兢地睁开了双眼。

"接下来，你就一个人回家去吧。"橙花婆婆打开了玻璃门。

回去的路不像来时那样险峻。路上也没有遇见什么可怕的妖怪。

途中到达一个岔路口的时候，明实闭上了双眼，深吸了一口气。

这时，妈妈出现在眼前，指给她回去的路。

"走这边，明实……"就这样，路一直延续到家门口。

"不知道爸爸还在生气没。"

也不知道现在几点了呢。

星星仍在夜空中闪烁，应该还是深夜吧。

这个时候，爸爸肯定非常担心自己。

明实试着转了转门把手，门没锁。

"明实回来了呀。"刚想开门，爸爸跳了出来。

"嗯，我回来了。"说完，明实缩了缩脖子。她很担心爸爸还在生气。

"你到底去哪儿了啊！大晚上的跑出家门，这哪儿像个女孩子家呀。真是的，也不知道去哪儿了。我还在想会不会是被人拐跑了什么的。你知道爸爸有多担心你吗？太让人操心了。"爸爸一脸严肃地说着。不过不一会儿，爸爸的眼神就变得柔和起来。

"不过，平平安安回来比什么都好。你看，都已经八点了。"

"八点？"明实脱了鞋走进家门，特意看了看客厅的挂钟。

确实是八点了。

好像时间也没过多久嘛。

"肚子都饿了吧。晚饭吃到一半就跑了。先吃饭吧。以后我再也不啰唆了。你好好吃饭吧。"爸爸一个人在那儿继续嘟囔着。

明实"嗯"了一声，然后点了点头。

"哦，对了。给你重新炸几块肉饼吧。家里还有很多没炸好的呢！"爸爸打起精神，这就系上了围裙。

"还有，我得先给你老师打个电话。对，还有警察。"说完，爸爸便打起了电话。

都报警了？

明实想象着爸爸担心自己的样子。

爸爸一边打电话，一边不住地点头。这一切可都是为了明实。

"对不起。"明实对着挂断电话的爸爸说。只见爸爸的眼角有些湿润了。

"其实是爸爸的不对。"

"爸爸，妈妈也教训我了。她让我不要惹您生气。"

听完明实的话，爸爸嘴上念叨一句"是吗"，然后便擦了擦眼泪。

"我来帮您。"明实打开了燃气灶，她准备先热热味噌汤。

当她刚要点火热油的时候，爸爸有些不好意思地笑着说："炸东西这活儿啊，你可别动。这有点危险。女孩子要是被烧伤了可就麻烦了。要是那样，爸爸可是要被妈妈教训的呀。"

"也是啊。妈妈就在旁边看着呢。"

明实安静地闭上了眼睛。

第三篇 —— 彩虹色的粉末

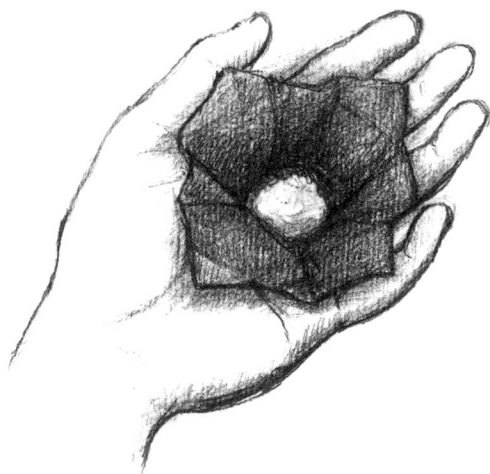

彩虹色的粉末

爸爸捡回来一块大镜台。

"真烦人。捡这种镜子回来，都不知道谁用过的。想想都让人不舒服。"妈妈皱了皱眉说。

"怎么会？这可是三面镜呀。你不觉得很复古吗？有了这个，你穿起和服来，不就更方便了嘛。背后的带子也能看得清清楚楚。"爸爸笑眯眯地说。

"嗯，那倒也是。"妈妈坐在大镜台前，呼啦呼啦地就把折叠起来的镜子打了开来。三面镜，顾名思义就是有三个镜面。这种镜子可以折叠成左右对照的镜子。使用这种镜子，可以看到自己的后背和侧脸。

"波乃都十岁了。有了这个大镜子，以后就更方便了。"爸爸看起来十分满意。

这是暑假的一天。恰好又是盂兰盆节，爸爸公司也休息。镜子是爸爸带着西瓜外出散步时发现的。对了，西瓜是一只公柴犬。

"怎么感觉有点脏呀。"波乃站在镜子旁看了看。

梳妆台有些破旧，边框也生了锈。木台和抽屉有磨破的痕迹，还沾了一些污渍。

"怎么了？波乃，你不喜欢？"爸爸的眼神里有些失望。

"也不是，凑合着用吧。"波乃说。要她说，那还是得买那种锃光发亮的新镜子。能带个白色梳妆台就更好了。不过，再怎么说，这也是爸爸高高兴兴捡回来的。

爸爸经常捡一些东西回来。

像椅子呀、旧书呀、花瓶之类的。爸爸的口头禅是：还能用的东西就扔了，多可惜呀。

大镜台最后被放在了波乃的房间里。

"平日没事也让妈妈用一用呀。"

这时候，妈妈已经用抹布把镜子擦得干干净净。

"当然，随时都可以。"波乃回答说。

很显然，妈妈不喜欢这个都不知道谁用过的镜子，所以才让爸爸把镜子放在了波乃的房间里。竟然还说什么偶尔让她用用，简直是太会说话了。不过，波乃已经无所谓了。

"嗯，这样一弄才像个女孩子的房间嘛。"将大镜子搬进波乃的房间，爸爸环顾波乃的房间后，一副十分满意的表情。

"是吗?"波乃叉着胳膊说。

蕾丝窗帘、玫瑰粉地毯、铺着心形被子的床、兔子玩偶、贴在墙上的年轻偶像海报。

除了这个来自另一个次元的镜子，这本来就是女孩子房间的模样啊。

在波乃看来，这个略显破旧的日式镜台，跟这个房间显得格格不入。

波乃坐在镜子前，呼啦啦地打开了折叠起来的镜子。

这时，爸爸说："记住了。丑时三刻的时候，千万不要打开镜子。"

"丑时三刻是什么意思?"波乃一边调节着镜子，一边问。

当三面镜的左右两面被调节好后，波乃的身影便在镜子里无穷尽般地延伸着。

"就是午夜两点。那个时间，也是离那个世界最近的时候。"爸爸解释说。

"哦，原来这样。"波乃朝着镜子里的自己做了个鬼脸。映在镜子最深处的自己，也跟着做了个鬼脸。

"那个时间，要是打开镜子的话，会出现很可怕的东西呢。"爸爸一脸严肃地说。

凌晨两点，那会儿早都睡得死死的了。

"知道了，不会那样做的。您放心吧。"

波乃这次对着镜子做个了 V 字手势。镜子深处的波乃随即也摆出了同样的手势。

到了那天的傍晚。

妈妈让波乃去买些茄子。

今天的晚饭是茄子咖喱。这可是波乃和爸爸都特别喜欢的一道菜。平日里常吃的咖喱，一般使用土豆或洋葱，再加上切成薄片的肉。而茄子咖喱，则要用肉末。

茄子是主料。妈妈却连这么重要的茄子都忘了买。

"还是做平时的咖喱饭吧。洋葱、胡萝卜、土豆这些家里都还有。"

听妈妈这样一说，波乃发牢骚说："我可是很期待吃这顿饭的。"

于是波乃提出自己去买茄子。

走着去车站前的超市，大概需要十分钟。

虽说都已经黄昏了，走上十分钟身上还是出了不少汗。

她这才知道妈妈为什么不想出门买东西了。今天真的特别闷热。

在超市买完茄子，波乃便加快赶路。

好想赶快回到有空调的房间里，喝上点麦茶什么的。

夕阳下，映在地上的影子格外厚重。

知了……知了……知了……

耳遍传来了知了急促的叫声。

"我踩住你的影子了。"就快要到家的时候，波乃被一个陌生男孩叫住。

"你干什么呀?"波乃停下脚步，回头看了看男孩。

男孩眉毛整齐浓密，一双眼睛正在调皮地眨呀眨。

"你的影子，被我踩住了。"男孩噗噗噗地笑着，一边用食指摸了摸鼻子。

"什么？你在说什么？"波乃瞪着男孩说。

难道这男孩是想玩踩影子游戏之类的？

突然这么蹦出来，吓人一跳。

波乃生气地转向前方，准备走开。

"喂，喂！"男孩子大声喊道。

什么嘛，真是个怪人！波乃假装没有听见，拔脚就走。可是，不知怎么的突然头一晕，就蹲在了地上。

"你看，我不都跟你说过了嘛。"男孩走了过来。

波乃想站起来，脑袋却一阵阵眩晕。

我这是怎么了？波乃想不明白这突然发生的一切。

"我踩着你的影子呢，你却一直往外拽。所以影子被拽坏了。"男孩继续说着更让人听不懂的话。

波乃用手揉了揉自己的头，然后低头闭上了眼睛。

"慢慢试着站起来吧。"男孩温柔地抓住波乃的手。

让这个奇怪的男孩帮忙才站起来，心里是有点儿不

舒服。但现在也没其他办法。波乃握住男孩的手，这才勉勉强强站了起来。

"我家，就在那儿不远处。"最后，波乃还是决定让男孩陪自己回家。她这样摇摇晃晃的，一个人肯定是走不回去的。

"我知道。你家还养了一只叫西瓜的狗，对吧。"男孩似乎很了解波乃的家。

都不用波乃的指引，男孩便顺利地带着波乃穿过马路，回到了家。

当波乃醒来的时候，已经躺在家里的床上了。

到家的那一刻，波乃长舒了一口气，随后便失去了知觉。

几点了？

波乃想知道自己睡了多久，于是看了看挂钟。

八点了。空调房的窗户紧闭着。波乃试着打开了窗户。

外边一片漆黑。天已经完全黑下来了，已经是夜里了。

呼地一下，热气扑面而来。

突然觉得有些口渴。波乃下了楼梯，直奔厨房。

一走进厨房，便闻到了咖喱的香味儿。

哦哦，对了，对了，我去买茄子了……然后碰到了奇怪的男孩……波乃想起了傍晚的事情。

"啊，感觉怎么样了？"看到波乃进入厨房，爸爸赶忙问。

"还有点头晕。不过已经好多了。"波乃再次揉了揉头。

"可能是有些贫血。"说完妈妈便撑开了椅子，让波乃坐下。

波乃喝了些冰镇的麦茶，接着吃了用肉末和茄子做成的咖喱饭。

"这么有食欲，应该是没什么问题了吧。"看着波乃很喜欢吃咖喱饭的样子，爸爸总算稍微放心下来。

也许是咖喱饭里的生姜起了作用吧。

刚开始还担心能不能吃生姜呀，会不会感到不适呀之类的。看样子放了生姜的咖喱，有效刺激了食欲嘛。

"那个孩子，也说很好吃呢。"妈妈笑眯眯地说。

"哪个孩子?"波乃放下了餐具问。

"就是带波乃回家的那个男孩子呀。"妈妈说。

那孩子，在家里吃完咖喱饭才回去的?

"可真不要脸啊。"波乃想着。

虽然得谢谢他送我回家。不过，要不是遇到他，哪有那么多奇奇怪怪的事情。

还说什么"踩着我影子了，硬是要拽回去，所以才摔倒了"之类的鬼话。谁信啊!

"那孩子，是你学校的朋友吗?"饭后，爸爸一边喝着咖啡，一边问。

"不是。"波乃摇了摇头。

我真的是第一次遇见那孩子。要是在同一个学校，就算不在一个年级，也应该是有点印象的。可这孩子，之前完全没见过。

不过他那张脸要是见过一次，怕是想忘也忘不掉吧。

波乃脑海里立马浮现出男孩的脸。那张脸上眉毛整齐浓密，还有一双调皮的眼睛。

那个孩子稍微有一点像波乃房间墙上贴的那张海报上的年轻偶像。

"那个孩子很靠谱的呀。我让他以后随时来家里玩。"看样子，爸爸很喜欢那个男孩。

"我真的不认识他呀。"波乃急忙说道。

"那也没关系啊。真的是个很不错的孩子呢。看起来也很聪明。"竟然连妈妈也这样说。

波乃很惊讶，嘴里的咖喱饭一时间都没法下咽了。

我怎么觉得那男孩有点狂妄自大。

波乃心里念叨着，要是下次再碰见他，我也要踩踩他的影子。要是能把他的影子踩坏，顺便也让他晕倒的话，那可就算报仇了。

这天晚上，波乃怎么都睡不着。好不容易睡着了，不多久又醒来。看来傍晚时分睡得有点久了呀。

在床上翻来覆去几十次后，波乃突然在黑暗中发现一个人影。

"啊！"波乃吓得立刻站了起来。

房间里好像有个什么人。

波乃战战兢兢地观察了再观察，似乎是一个孩子的身影。

"是我呀。"这时，人影突然说道。

难道是那个男孩子？

"啊！啊！"原来真是傍晚时遇到的男孩。

波乃的眼睛已经逐渐适应了黑暗。她马上就清晰地认出了那个男孩的脸。

嘿嘿嘿，男孩一边笑着，一边用手指摸了摸鼻子。

"这到底怎么回事？大半夜的，你怎么会在我的房间里？"波乃胆怯地问男孩。

"正因为晚上了，所以我才来的呀。差不多快到时候了。"男孩子瞧了瞧钟，这样说道。

时针指向了两点。

午夜两点正是爸爸说的丑时三刻。

"你怎么进来的？我应该锁门了呀。"波乃以强硬的口吻问。

"从玄关进来的。要打开那种锁，不是什么难事儿。尤其是对我这种已经活了很久的人来说。"男孩子有点得意扬扬。

这孩子是不是脑子有点不正常呀？

波乃想去叫醒爸爸和妈妈。

刚要下床，男孩便抓住了她的胳膊。

"放开我。"波乃朝着男孩吼道。

"那可不行。你的影子必须好好修理修理。"男孩用力挤了挤眉毛。

又说什么影子。波乃吓得要哭出来了。

男孩将爸爸捡回来的三面镜，哗啦啦地打开，使左右两面镜子刚好对着照。

"啊！"波乃想要上前阻止，但为时已晚。

波乃从床上跳下来，瞅了瞅镜子。镜子里映着一个跟波乃房间完全不同的地方。这个地方显得有些杂乱不堪。

锅、篮子、箩筐、大盘子、铅笔刀、茶杯等，很多东西都随意地摆放在那里。灯泡发出昏暗的橙色光芒。

这是哪儿？

正当波乃一愣神的工夫，男孩再次抓住波乃的胳膊说："走吧。"

男孩将另一只手伸向镜子。原本坚硬的镜面突然一下变得非常柔软。男孩的手臂直接穿入到镜子里边。

"啊!"

男孩将吃惊不已的波乃拽了过去。就这样，波乃也跟着穿过了镜子。从她被拽住右手开始，整个身体噌地一下就全进入镜子里了。

进入镜中的感觉，就像身体慢慢沉入果冻状的泳池一样。

穿过镜子后，便进入了那个有些杂乱不堪的地方。

这里的旧风扇看起来马上就要坏掉了，不过，仍旧在转动着。

原本蓝色的扇叶，现在也有些褪色。扇叶转动时，还不时发出吱吱嘎嘎的声响。

"终于过来了呀。"

从内屋走出一个老婆婆。老婆婆身穿橙色和服，满头银发却梳成了少女头。此外，她还戴着一副小巧的圆眼镜。

"嗯，发现了一个可以抄近道的镜子。"男孩说道。

听完男孩的话，老婆婆哼了一声。她的表情看起来一点也不温柔，倒是让人有几分害怕。

"那个，是这个孩子的影子坏了。"男孩把波乃介绍给了老婆婆。

"喂，赶紧自我介绍一下。"男孩子轻声叮嘱波乃。

"您好，我叫佐藤波乃。"听了男孩的话，波乃赶忙给老婆婆打了个招呼。

老婆婆透过小巧的圆眼镜的镜片，细细观察着波乃。

见老婆婆就这样一直盯着自己，波乃感到非常紧张，心脏咚咚咚地跳个不停。

"我是大原橙花。这儿呢，是一家旧货店。我给它起了个名，叫若此堂。你哪一个影子被踩坏了？"橙花婆婆将视线转移到波乃的脚下。

此刻，店里非常昏暗。波乃都看不见自己的影子。

可是，橙花婆婆却像是能看见影子一样。只见她双手捧着影子似的东西，然后慢慢地提了起来。

虽然看不见，波乃还是感到橙花婆婆的手上似乎真

的捧着影子。

"怎么样？要缝起来吗？"男孩问。

"这种程度的话，用胶水粘一粘吧。"说完，橙花婆婆便从架子上拿出一个可以托在手上的平底盘。

"太好了。不愧是橙花呀。"男孩这样夸着橙花婆婆。听这语气，二人就像是多年的好友一样。

波乃却在想，男孩这样直呼年长的老婆婆的名字，是不是有点不太礼貌呀。这个老婆婆看起来非常可怕。她要是发起火来，可怎么办呀？

男孩并没有理会波乃的担忧。他还是以刚才的口吻，继续跟橙花婆婆聊着天。

橙花婆婆看起来一点儿都不生气，反倒一副很开心的样子。

"若此这般的话……"

橙花婆婆从平底盘上取了一些白色胶水。紧接着，她用毛刷给波乃坏掉的影子那部分刷上了胶水。

虽然波乃看不见影子，可橙花婆婆用毛刷给影子涂上黏糊糊的胶水的时候，她还是感到了一丝凉意。

"别乱动。我马上用风扇给你吹干。"橙花婆婆说道。

"这个店一点儿没变呀。我好久都没来这里了，橙花你也一点没变。"男孩子长长舒了一口气。

"千岁，你才是一点都没变呢。"说完，橙花婆婆也长舒了一口气。

"你这是取笑我呢?"男孩子哈哈哈地苦笑着。

千岁。

原来男孩叫这个名字。

天色渐亮，小鸟也开始喳喳喳地叫起来。这时候波乃已经回到了自己的房间。

千岁似乎还要在若此堂待上一会儿。

若此堂和波乃的房间，由若此堂的穿衣镜和波乃房间的三面镜连接起来。

"我呀，特别喜欢蛋包饭。蛋包的炒饭要用鸡肉、番茄酱炒的最好。"分开的时候，千岁眨着调皮的眼睛对波乃说。

"啊，是吗？这我哪儿知道呀。"为让这个不知天高地厚的千岁难堪，波乃故意这样说。然后她便返回了房间。

不过当中午妈妈要外出买东西，问她午饭想吃什么的时候，波乃却说要吃蛋包饭。妈妈常做的蛋包饭，正是鸡肉炒饭配上番茄酱的味道。

"噢，好的。那就交给我吧。"

看着妈妈的笑容，波乃问："那个，我把昨天的那个男孩叫来可以吗？"

"当然可以。"妈妈回答说。

可是，怎么才能联系到他呀？

站在三面镜前，波乃这样想着。

难道还非得等到午夜两点的丑时三刻吗？

那个时间，也不能把妈妈从床上叫起来做蛋包饭呀。

直到现在，波乃仍然不敢相信昨天发生的那些不可思议的事情。

"千岁。"波乃站在镜子前，小声呼唤着男孩的名字。

刚说完，镜子里就出现了男孩的模样。

男孩就在镜子的那头。

"嘿嘿，你来叫我了呀。"千岁用手揉了揉鼻子下方。

"啊!"对于男孩的出现,波乃非常吃惊。

"我这就过去。"说完这话,千岁就赶快穿过镜子,走了过来,还猛地一下在波乃的额头亲了一口。

"啊!你,你干什么呀!"波乃惊叫了一声,脸也红到耳根了。

千岁却看着波乃通红的脸,开心地笑了起来。

"你都十岁了吧,怎么还那么紧张。不会是第一次被亲吧?"

"坏蛋。"说完,波乃便将千岁撞到了一边儿。

千岁格外地像个成年人。

"你呀,到底多少岁了?"波乃反驳道。

"已经记不清了。可能是活得太久了吧,慢慢地也就放弃记年龄这个麻烦事儿了。"说完这话,千岁的侧脸,倒真像已近百岁的老爷爷一样。更确切地说,这张充满了忧郁与疲惫的脸,已经不止百岁了。

波乃没有说"你是在开玩笑吧"之类的话,反倒开始认认真真地询问起来。

"这是怎么回事?你到底是什么人?"

千岁不知该如何回答，只好将视线移到窗外。

夏日的天空，晴空万里。天气清爽，天空格外地蓝。

"这个东西。"千岁从口袋里掏出一个皮制钱褡，放在了波乃的手上。然后他从钱褡里拿出一个纸包，紧接着打开了纸包。

从窗户照进来的太阳光洒在纸包上。纸包上的白色粉末立刻闪烁出亮晶晶的彩虹色。

"好漂亮啊。"

波乃紧紧盯着白色粉末。白色粉末像极了白色蛋白石研碎后的粉末。

当波乃想去触碰白色粉末的时候，千岁赶忙把白色粉末收了回去。

"这可是将人鱼的鳞片磨碎后形成的粉末。"

"人鱼的鳞片？"波乃重复着。

千岁慢慢地点了点头。

"是呀。人鱼的肉，可是能够长生不老的灵丹妙药。吃了人鱼肉，人就能获得永恒的生命。就算是过了千年万年，年龄也不会增长。"

说这话的时候，千岁的侧脸又变成了那张让人害怕的老年人的模样。看到这里，波乃感到一阵阵难过。

这跟那眉毛整齐浓密，带有一双调皮的眼睛的男孩相比，简直是另外一个人。

"很久很久以前，我吃了这个。"千岁说。

"什么？"波乃惊讶得竟都忘记了呼吸。

所以，你不知道自己多少岁了，开什么玩笑啊？

千岁继续说："永恒的生命啊，可不是什么好东西。怎么都死不了，年龄也不会增加。"

波乃试着想象那种永远都不会死的生活。

当自己的朋友们都成了老婆婆、老爷爷，然后相继死去的时候，而自己却永远是一副孩童的模样。

那种生活，实在是太孤单了。想到这里，波乃感到一丝难过。

"哈哈哈，这事儿又没发生在你身上，别那样愁眉苦脸的。"千岁用自己的小手砰砰砰地拍着波乃的脑袋。

"千岁……"一想到千岁的孤独，波乃忍不住哭泣起来。

仔细一看，不知什么时候，千岁已经重新变回男孩的模样，那个有着一双调皮眼睛的男孩模样。

"这个呢，虽然是鳞片，但毕竟是人鱼身上的东西，因此可是有魔法的粉末哟。"说完千岁便握住波乃的手，一起来到院子里。

院子里，牵牛花已经开放。

千岁将彩虹色的粉末分散地撒在牵牛花的根部，然后用洒水壶给花浇了浇水。

紧接着，原本已经枯萎的花瓣，重新开出紫色的牵牛花。牵牛花张开了薄薄的花蕾，开出了好几朵漂亮的花。

"看到这个花，就能想起我了。"千岁微笑着说。

波乃眨了眨眼。这时西瓜凑了过来，呜呜呜地叫着。

"让我带它去散散步吧。"千岁熟练地抚摸着西瓜的耳朵内侧。

波乃回答说："嗯，当然可以。"

波乃有很多问题想问千岁，有很多话想对他说，可是却怎么也开不了口。她只好默默地跟在千岁和西瓜后

边，一起出门去散步。

千岁和西瓜玩闹着，不断地奔跑起来。为了跟上他们的节奏，波乃累得够呛。等到了公园的时候，波乃已经浑身是汗。

"你很喜欢狗呀。"波乃一边用手帕擦着汗，一边问正在和西瓜嬉戏的千岁。

"这家伙呀，跟我很早之前养的狗很像。"千岁抓住西瓜，温柔地抚摸着它的身体。

"这样啊。"波乃笑着说。

就在这时，千岁突然冒出一句："不过，那只狗早死了。"

听到这，波乃不知道说什么好。

千岁这时大喊一声："回家喽。"便牵着西瓜朝家的方向奔去。

"慢点啊，慢点。"波乃一边淌着汗，一边紧跟了上去。

当波乃到家的时候，千岁已经开始吃妈妈做好的蛋包饭了。

"简直太好吃了。"千岁兴奋地说。

可是千岁越高兴，波乃的心情就越复杂。

"千岁，你说的是真的吗？吃了人鱼的肉，就只能永远以小孩子的模样活下去？"波乃在心中这样问千岁。

"这么好吃的饭，真想天天吃啊。"千岁将蛋包饭吃得干干净净。

"什么时候来都可以呀。"

"下次你想吃什么？"

看起来，爸爸妈妈都非常喜欢千岁。

等回到房间后，波乃对千岁说："我妈妈的烤鸡蛋也做得特别好吃。"

千岁还是老样子，用手摸了摸鼻子的下方，说道："是吗？不过太可惜了。我不能一直停留在一个地方。"

"为什么呀？"波乃迫不及待地问。

"慢慢地，你爸妈会问我家是哪儿的呀，父母干什么的呀之类的问题。要是被他们怀疑，就麻烦了。还有……"千岁紧紧地闭上了嘴。

"还有什么？"波乃盯着千岁问。

"长时间在一个地方的话，慢慢地会喜欢上一个人。那也是个麻烦事儿呀。"千岁逃离波乃的视线，起身走到了窗边。他俯视着院子里盛开的牵牛花。

随后他脸上浮现出满意的表情，走到了梳妆台前。

"喂，你这是要走了吗?"波乃快要哭出来了。

"嗯，是的。不过我也不能去橙花那里。虽然橙花也很长寿，但她却跟我不太一样。"说完，千岁便走出了房门。

波乃既不能追出去，也不能挽留。她只能站在房间里，控制住不让自己哭出声来。

"不能哭。"波乃紧锁着双眉，极力控制着快要流出来的眼泪。千岁刚才不也没哭嘛。

千岁没打一声招呼就那样走了。他既没有说再见，也没有说谢谢。

"好没礼貌的家伙。"还有些厚脸皮呢。波乃这样想着。

入秋了，寒蝉的叫声取代了蝌蟝的叫声，向日葵也开始枯萎。冰凉的空气也悄然而至。而院子里的牵牛花却依然盛开。

妈妈扭过头来说："今年的牵牛花，开得可真旺盛啊。"

"也许是肥料的质量好吧。"爸爸一直夸赞最近的肥料质量，丝毫没有起疑。

不久冬季就会到来。雪花开始纷纷飘落的时候，牵牛花恐怕还会继续开放吧。

要是到了那个时候，爸爸妈妈开始怀疑的话，可就麻烦了。波乃不禁开始担心起来。

之后波乃再也没有在丑时三刻把镜子折叠成左右对着照的样子。其实，已经没有那个必要了。

现在也没什么事儿要去那个若此堂。千岁已经不在那里了。之后，波乃一直珍藏着梳妆镜。或许某一天，千岁会突然地从镜子里出现呢？

第四篇 —— 有豁口的茶碗

有豁口的茶碗

这是一座带着仓库的宅子。

沙耶加站在宅子前，犹豫要不要走进门去。

正在这时，一个身穿和服的老婆婆问她："你要不要进来？"

"啊，这个，嗯，其实是这样的……"沙耶加吞吞吐吐地说。

这个身穿橙色和服的老婆婆，透过小巧的圆眼镜，一直盯着沙耶加。

老婆婆似乎已经知道了什么似的，问："你有什么事儿？"

听老婆婆这样一问，沙耶加更加紧张起来。

"啊，嗯，那个，是这样的。确实是有点儿事儿，不过也不是什么特别大的事儿。"

说完，沙耶加也故意摆出一副夸张的表情，扭了扭头。

只听见老婆婆哼了一声。

沙耶加尴尬地笑了一笑。

而老婆婆却并不买她的账："在我面前，你有什么话可以尽管说。当然如果你愿意的话。"

说完，老婆婆便急忙穿过大门，向里走去。

这个看起来有点让人害怕的老婆婆，满头银发却留着娃娃头。她背挺得笔直，橙色的和服很合身。和服的腰带上，印有黄绿色蜥蜴的刺绣。

哇！

沙耶加有点惊呆了。猛的一瞬间，她似乎看见那个蜥蜴动了一动。就那么嗖地一下，长条蜥蜴的尾巴好像动了动。这不是真的吧！沙耶加揉了揉眼睛。

这到底是真的，还是假的？当她要再次确认的时候，老婆婆已经飞快地消失在院子里。

友惠是沙耶加的同班同学。两个人都在四年级二班。

友惠是这家带着仓库的老宅子家的大小姐。她非常可爱，人也很聪明。

友惠和沙耶加通过互借书籍，成为了书友。两个人都很喜欢看书。所以在四年级的时候，同班的两个人很快就成了朋友。

休息时间，两个人会互相交谈"这本书很有趣，那本书读过了吗"之类的话题。

沙耶加之前也来这个带着仓库的宅子里玩过几次。

"你家这个仓库，可真棒呀！"

跟自己家的房子比，这里仓库、房间数量、庭园大小等让她很惊讶。

"那个仓库里呀，放着很多有意思的东西。奶奶还在世的时候，经常会从那里拿出一些给我看呢！"友惠开心地介绍着。她说这些，可丝毫没有炫耀的意思。

不过即便她没有那个意思，可还是有人会嫉恨她。

经常欺负友惠的，是留着一头卷毛的鲁比①。当然，鲁比只是他的外号，并不是真名。

---

① 日语中，"鲁比"意为红宝石。

鲁比让大家称他为"鲁比"。

沙耶加很不喜欢鲁比用宝石的名字来当自己的外号。可鲁比却觉得这样很酷，常常拿来炫耀。要光是那样倒也还好，可他一个男孩子却总是拿友惠当敌人看，似乎看不惯这个从小娇生惯养的女孩。

考试分数比不过友惠，他心里气不过，就在桌上乱写骂人的话，还常常将友惠的运动服藏起来。

他从五月份开始欺负友惠，到了六月份变本加厉。欺凌就像传染病一样，在班里的同学间扩散开来。同学们像做游戏一样，轮番地去疏远友惠，并以此为乐。

虽然沙耶加在心里站在友惠这一边，但她也受到了同学们的影响，并没有去帮助友惠。

她只好看着友惠被欺负，自己却无能为力。日子就这样，不知不觉中便到了暑假。

整个暑假，沙耶加也没有和友惠联系过一次。

压抑不安的暑假结束后，很快便到了九月份。第二学期开始了。

明天就要进入十月了，可友惠一直没有来学校。

一周前开始，沙耶加便会在放学回家的时候，顺便在友惠家门前徘徊。

对不起。

她无数次地重复着这句话，一直希望能见到友惠。可她没有走进门去的勇气。友惠心里一定很受伤，她应该不会就这么轻易地原谅自己。

在宏伟的大门前，沙耶加就那样呆呆地站着。

这本书，友惠一定会喜欢的。

沙耶加从书包里拿出了一本书看了看。这是她最近读的书中最有意思的一本。

她刚读完这本书的时候，就特别想让友惠也读一读。

所以她每天都把书塞入书包里，想再次遇见友惠时交给她。这也是沙耶加为什么放学回家的时候，要经过友惠家的原因。

唉，今天还是没能交给她啊。

当沙耶加还像往常一样，准备离开的时候，厚重的大门突然缓缓地打开了一点点。

一个女孩从门缝里探出头来说："你要不要进来？"

"我记得友惠好像没有姐妹什么的。那这个女孩是她的朋友？之前也没在学校见过这个女孩。"沙耶加在心里念叨，这个女孩看起来好亲切啊。

"嗯，不过……"

当沙耶加还在犹犹豫豫的时候，女孩从门缝里伸出一只白皙的手，招呼她走进去。

"欢迎欢迎。"女孩优雅地招手说道。

沙耶加的心情因此也变得轻松起来。

看来友惠并没有意志消沉，把自己关在房间里。这个女孩能来这里玩，就说明友惠的心情比自己想象中的要好呢。

要不要道个歉呢？沙耶加这样想着，然后朝着门前走近了一步。

"欢迎，欢迎。"女孩子把门开得再大了一些。

"那就打扰了。"沙耶加穿过大门，走进了院内。

女孩身穿一身米色和服。看得出来她穿和服的手法极其娴熟。

和服上似乎印着某种花的图案。细细观察后才发现，

原来是粉红色的抚子花图案。

或许是因为女孩穿着和服吧，沙耶加觉得女孩比自己看起来更加成熟一些。

又不是正月，穿什么和服呀。

"噢，对了。"沙耶加脑子里闪过一个念头，"说不定这孩子是附近镇上的，来这里学习茶道。友惠的妈妈可是一个茶道老师呢。"

沙耶加有很多话想问女孩。而女孩却没有任何多余的动作，以优雅的步伐快速向内屋走去。

沙耶加笨拙地跟在女孩后面。当她还在玄关那里磨磨蹭蹭地解鞋带的时候，女孩早已经摆好木屐，默默地朝走廊深处走去。

"喂，你等等我。"沙耶加对女孩喊道。

女孩却只是噗噗噗地笑了笑，并不答话。沙耶加赶忙脱了鞋，去追女孩。可是，这时候已经看不见女孩的踪迹。

"打扰了。"沙耶加以微小的声音打完招呼后便走进室内。

她先来到了走廊。

登上走廊尽头的楼梯，二楼便是友惠的房间。宅院很大，沿着走廊还设置了好几个房间。

"这个怎么样？"

"嗯，这个嘛，看起来还不错。"

从里边的房间里传来了说话的声音。

"这个东西有点意思。"

"您说的有意思，是指这个东西很好，是吗？这是妈妈生前十分珍惜的东西。看来真是一件好东西呀。"

这是友惠妈妈的声音。紧接着又一个好像在哪里听到过的声音传来。

"哼。"

这声音似乎是从鼻腔里发出来的。呀，一定是刚才在门口遇见的那个，穿橙色和服的老婆婆。

"不过，这个嘛，有点豁口。价格可卖不高。"老婆婆若有所指地说道。

"啊，哪里，哪里有豁口？"友惠妈妈抬高了声音，急切地问。

"有豁口咯。"老婆婆只是重复着这句话。随后，便听不见谈话的声音了。

沙耶加悄悄地透过隔扇的缝隙，朝屋内望去。

屋里，友惠妈妈正在拼命地找茶杯的豁口。

老婆婆面前摆放了很多茶具。有黑漆茶叶罐呀，竹制小茶勺呀，还有水壶、茶碗之类的。

两个人并没有在练习茶道。茶具也似乎是刚刚从木盒子里拿出来。有几个还被布包着，没有打开。

这些东西零零散散地放在榻榻米上。

屋里这会儿有一些杂乱。于是沙耶加便准备先去友惠的房间。

沙耶加穿过走廊，上了楼梯。

友惠家的木楼梯一踩上去，就会发出嘎吱嘎吱的声响。

沙耶加一步一步登上楼梯，走向友惠的房间。

登上楼梯马上就是友惠的房间。

"友惠，是我，沙耶加。"沙耶加隔着门呼喊着友惠。

可是，却没有任何回音。

"喂，友惠。我可以进去吗？"沙耶加再一次呼喊，依旧没有回音。于是沙耶加下定决心，便去转动金色门把手。

咔嚓。原来门没锁。沙耶加推开门，走了进去。

友惠正坐在窗边的椅子上，一个人玩着翻花绳。

"啊，那个，好久不见。"

听到沙耶加打招呼，友惠吃了一惊，抬头盯着沙耶加。

"我这儿有一本书，特别有意思。我给你拿来了。"沙耶加露出浅浅的笑容说。

友惠却不说话。

"友惠，你一定会喜欢的。"沙耶加赶忙从书包里拿出了书。

"你回去吧。"友惠将视线从沙耶加那里移开，说道。

听友惠这么一说，沙耶加立马紧张起来。看来必须道个歉了。首先应该道个歉。刚刚进门就应该先道歉。

"友惠，对不起。你一定还在生气吧。我也想站在你那边，成为你的朋友。他们竟然那样欺负你。可是，我，我却什么都没有做。对不起。"沙耶加断断续续地说着道歉的话。

友惠挺了挺身子，然后低下了头。

沙耶加这才发觉，恐怕这事儿不是一句简单的对不起就能应付过去的。她也不能直接说"你赶紧来学校吧"之类的话。

友惠不再去学校的起因，是那次尿裤子事件。

七月，天渐渐变热。鲁比想到了一个新的整人办法。那就是友惠一进厕所，他就往厕所里扔松果。

友惠只好暂时忍着不去厕所。不过天气太热了，她喝了很多水。可是一进厕所，鲁比就扔松果进来。

沙耶加也知道这个整人的事情。

友惠一去厕所，鲁比他们就笑嘻嘻地揣着松果跟在后边。

沙耶加很后悔自己那个时候没能上前制止他们。

终于在语文课上，友惠忍不住尿了裤子。

"你回去吧。我这儿有朋友，所以也不孤单，学校去不去都行。就算没了沙耶加你这个朋友，只要抚子在我身边就好了。"友惠声嘶力竭地哭诉着。

抚子？

沙耶加立马想到了那个穿印着抚子花花纹的米色和
服的女孩。

"那个孩子，不是我们学校的学生吧。是来学茶道的
吗？她每天都来这里玩儿吗？"沙耶加问道。

"只要抚子在我身边，就可以了。每天和抚子在一
起，这就够了。"友惠决绝地说。

沙耶加将视线移向友惠旁边放着的另一张椅子。从
刚才开始，友惠就时不时地看那张椅子，就好像有人在
那坐着一样。

对了，那个女孩去哪儿了呢？

沙耶加想跟那个穿米色和服的女孩谈一谈友惠的
事情。

想必那女孩估计也是担心友惠，所以每天来这里玩
吧。可是两个人就这样整天待在家里，也不是办法呀。

就在沙耶加思前想后的时候，友惠又开始玩翻花绳，
就好像旁边有人陪她玩一样。只见她把手伸向旁边空着

的椅子，将用线缠绕成的图案拿给谁看，嘴里还一直说着"下一个，请"这样的话。

沙耶加感到背部发凉。

翻花绳的线在动。

友惠明明没有动手指，线绕成的图案却在不停变化，就好像对面坐着幽灵或者透明人似的。

"这怎么回事？"沙耶加小声嘀咕着。

看到这种难以置信的情景，沙耶加也相信那儿确实有人。

友惠则满脸笑容，一副很开心的样子。

这样下去可不行！

沙耶加这样想道。

虽然友惠看起来很高兴，可不能放任她这样下去。看不见的东西，肯定不是这个世上的东西。难道友惠已经一半进入那个世界了？

"坐在那儿的，是刚才那个女孩？你是叫抚子吗？刚才还让我看见你了，怎么现在却藏起来了呢？"沙耶加朝着那个看不见的身影说起话来。

虽然看不见对方的身体，但沙耶加能感觉到抚子正在扑哧扑哧地笑。

咔嚓。

随着金色门把手转动的声音，房门被打开了。

"差不多说说就行了。"

只见穿橙色和服的老婆婆和友惠的妈妈正站在房门口。

友惠妈妈躲在老婆婆背后，胆怯地朝这边看。

"友惠，是谁在那边儿？最近你很反常啊。好像有谁陪在你身边一样。"友惠妈妈战战兢兢地说。

"有呀。那是我的朋友，她叫抚子。"说完，友惠站在抚子坐着的椅子前，伸开了手。这姿势就像要保护抚子不被老婆婆和妈妈伤害一样。

"可妈妈什么都看不见呀。"友惠妈妈的声音有些颤抖。

"有的。她就在这儿坐着呢。不过你们都看不见罢了。"友惠大喊道。

"你别插手这边世界的事儿了。适可而止吧。"老婆婆朝着友惠对面的椅子说道。老婆婆好像能看见抚子。

"快回这边儿来吧。求求你了，快回来吧！"沙耶加将右手伸向友惠。

友惠却没有去握沙耶加的手。她静静地转过头对抚子说："我只有你这么一个朋友。"

听完这话，抚子忽然现出了真身。

友惠妈妈吓得用手捂住了嘴。沙耶加倒是一点都不觉得害怕。

这时已经黄昏。昏暗的光照在了抚子身上。坐在窗边椅子上的她看上去既柔弱又威严。

"我说的话，已经够明白了吧？这个女孩把你当作朋友。其实现实生活中，她总是把自己一个人关在家里。"老婆婆说道。

"友惠，我以后再也不畏畏缩缩了。我一定要保护你，不让鲁比他们欺负你。"沙耶加对友惠说道。

友惠还是不说话。而一旁的抚子则一脸冷漠。

窗外吹进来的秋风，沙沙沙地吹拂着抚子的黑发。

抚子说："不要误会。我根本不是你的朋友。"

"你为什么要那样说？"友惠差点就要哭出来了。

"再见，友惠。"抚子的身影渐渐地变得暗淡起来。

不久，她便像弥散在空气中的烟雾一样，消失了。

"抚子……"友惠紧紧抱住抚子刚刚坐过的椅子。

"那个女孩去哪儿了？"沙耶加问老婆婆。

"回到她该回去的地方了。"老婆婆哼了一声，说道。

"谢谢您。那个女孩乖乖地回到原来的地方去了呀。"

友惠妈妈终于松了口气，用手连连抚摸自己的胸口。

而友惠却一直抱着椅子不放。

这时，友惠妈妈提议去楼下喝个茶。

可当沙耶加让友惠一起去喝茶的时候，友惠依然纹丝不动。

"喂，那个女孩已经回到她该回去的地方了。你不也看见了吗？"

说完这些，老婆婆把手搭在了友惠的肩上。

这个时候，友惠妈妈已经在一楼的茶室里沏好了茶。

咕嘟咕嘟。

茶炉里水沸腾的声音传到了耳边。

好令人怀念的声音啊！

沙耶加不是第一次在这里喝茶。和友惠成为好朋友后，友惠妈妈偶尔会邀请她去茶室喝喝抹茶。

　　沙耶加端坐好，听着水沸腾的声音，心情也慢慢平复下来。

　　"大家都别客气，随意吃点点心。"友惠妈妈递过来的点心是桔梗花的样子。

　　"到秋天了呀。"看到这个点心，老婆婆高兴地说。

　　唰唰唰唰。

　　这是泡抹茶用的茶筅触到茶碗时的声音。这个声音也好让人怀念啊！

　　"请喝茶。"

　　友惠妈妈先给老婆婆递上了一碗茶。

　　老婆婆接过茶碗，顺手让给了友惠。

　　"这可是秋七草①茶碗哟。好好欣赏欣赏。"

　　友惠接过茶碗，开始认真端详起来。

　　这是一个以素色为底色，然后绘上花草图案的茶碗，

———————————

① 指秋天的七种花草，常被日本人当作写和歌的题材。

也是友惠妈妈刚才拼命寻找豁口的那个茶碗。

"秋七草指的是胡枝、桔梗、苇芒、葛、黄花龙芽、泽兰，还有抚子花。"老婆婆像念咒语一般，念出了七草的名字。

友惠一再地端详着茶碗，数起了绘在茶碗上的花草。

"那个茶碗，有点豁口。本来画着七种草的，直到刚才只有六种。这下好了，七种都聚齐了。"

这时，友惠妈妈脸上露出了笑容。

"抚子回到了该回去的地方。"

友惠还是有点难过的样子。只见她摸了摸茶碗，紧接着喝了口茶。

沙耶加也将这个茶碗拿到手里看了看。粉红色的抚子花跟七草中的其他几种花草一起，安静地印在茶碗上。

噢……噢。

沙耶加整理了一下思路。

难道是说那个女孩是这个茶碗上逃出来的抚子花？

这简直难以置信！

那个女孩，肯定也很喜欢友惠吧。沙耶加这样想道。

“今后，请您多多指教。”

友惠妈妈用毛巾将秋七草茶碗擦得干干净净，递给了老婆婆。

“若此这般，我该告辞了。以后它想做坏事，也做不了了。”

老婆婆将秋七草茶碗装入木盒，并用土黄色的布包了起来。

沙耶加对这位老婆婆特别感兴趣。老婆婆收走了那个茶碗，就再不会有什么坏事情发生了吧？

老婆婆在玄关准备穿鞋回家的时候，才注意到了沙耶加：“你是在想我是谁，对吧？要想知道的话，你也应该先说说你的名字吧。”

沙耶加吃了一惊，赶忙正正经经地自报家门。

“我叫谷川沙耶加。”

“我叫二宫友惠。”

沙耶加回头一看，友惠不知什么时候已经站在了自己背后。

临走前，老婆婆说：“你们两个都起了个好名字呀！

我叫大原橙花，经营着一家古道具店。我给它起了个名，叫若此堂。古道具呢，常常搞出一些不可思议的事儿。好在我已经习惯了。"

"太谢谢您了！"友惠妈妈深深地鞠了一躬。

"钱我明天再拿过来。"

听橙花婆婆这样说，友惠妈妈赶忙摇头说："不用不用。您拿走就是了。"

吱吱吱，嚁嚁嚁嚁。

秋天的虫子，在院里的草丛中叫着。

沙耶加和友惠目送橙花婆婆走到门口。

"那个仓库里呀，还有很多有趣的东西呢？要是有什么事儿的话，记得再叫我过来。"透过小巧的圆眼镜，橙花婆婆抬头看着雄伟的仓库。

有趣的东西？还有一些不可思议的东西呀。

沙耶加也情不自禁地抬头去看仓库。

这时，友惠说："老婆婆说还有很多呢！"

"这个还是不要告诉你妈妈的好。"

沙耶加刚说完这话，只见友惠面露微笑说："抚子，谢谢你。"

紧接着友惠朝着橙花婆婆夹着的土黄色包袱，鞠了一躬。

"抚子是怎么样一个人呢?"沙耶加问。

"她是一个很善良的孩子。"说完，友惠闭上了眼睛。

虽然抚子不在你身边儿了，可我还在呢。沙耶加想对友惠这样说。可话到嘴边，还是咽了回去。

这时，友惠以微弱的声音说:"沙耶加，把那本有意思的书借给我吧!"

"啊，好呀。当然可以。"沙耶加开心地回答。

听着二人的对话，橙花婆婆终于放心地点了点头:"这样的话，那我就先告辞了。"

橙花婆婆说完，便穿过大门扬长而去。

终　章

优子想把自己和奶奶做好的和服人偶拿给橙花婆婆看，于是便来到了若此堂。

和服人偶是一种纸质人偶。人偶周身涂有各种颜色，还穿着一身和服。和服由印着多种图案的彩色印花纸做成。

一开始让人觉得害怕的橙花婆婆，现在完全不可怕了。虽然橙花婆婆依旧是一脸严肃，可优子知道，橙花婆婆其实是一个非常温柔非常亲切的人。

"橙花婆婆……"优子朝着橙花婆婆打了个招呼。而这时，橙花婆婆正站在大镜子前发呆。

听见优子的呼喊，橙花婆婆吃了一惊，隔着小巧的圆眼镜盯着优子。

这可是优子第一次看到橙花婆婆发呆。

优子担心橙花婆婆的身体是不是不太舒服。

"我想起了一个老熟人。前几天呢，他好不容易来我这里玩儿了。可是，又马上离开了。"橙花婆婆说。

"您说的老熟人是豆狸大叔吗？"

优子就随口那么一说，谁知橙花婆婆却说："不，不是他。"

"我们从小就认识。可以说是交情深远。"

说完，橙花婆婆就开始眺望远方。

优子特别想知道，橙花婆婆的小时候，那该是多久以前的事儿了。

"交情深远，有那么长吗？"优子问。

只见橙花婆婆哼了一声，便不再说话。

优子猜到会是这样，于是也不再追问。她将那个穿着橙色纸质和服的和服人偶交给了橙花婆婆。人偶也跟橙花婆婆一样满头银发，留着娃娃头。

看到人偶，橙花婆婆又哼了一声，然后说："这样吧，我沏点茶。你也过来喝一喝。"

说完，橙花婆婆便从架子上拿出茶筅、茶勺、涂漆的茶叶罐，还有秋七草茶碗。

FURUDOGU HONNARA DO

by AKIKO KUSUNOKI and Illustrated by YUMIKO HIOKI

Text copyright ⓒ 2008 by AKIKO KUSUNOKI

Illustrations copyright ⓒ 2008 by YUMIKO HIOKI

Original Japanese edition published by Mainichi Shimbun Publishing Inc.

All rights reserved

Chinese (in simplified character only) translation copyright ⓒ 2020 by Zhejiang

Literature & Art Publishing House

Chinese (in simplified character only) translation rights arranged with

Mainichi Shimbun Publishing Inc. through Bardon-Chinese Media Agency, Taipei.

版权合同登记号：图字：11-2017-224 号

图书在版编目（CIP）数据

古道具店. 1，不可思议的魔法 /（日）楠章子著；
（日）日置由美子绘；时渝轩译. —杭州：浙江文艺出版
社，2021.1

ISBN 978-7-5339-6043-8

Ⅰ.①古… Ⅱ.①楠… ②日… ③时… Ⅲ.①儿童
故事—作品集—日本—现代 Ⅳ.①I313.85

中国版本图书馆 CIP 数据核字（2020）第 037697 号

古道具店 1：不可思议的魔法

作　　者：［日］楠章子
插　　图：［日］日置由美子
译　　者：时渝轩
责任编辑：邵　劼
封面设计：徐然然
出版发行：浙江文艺出版社
地　　址：杭州市体育场路 347 号
邮　　编：310006
网　　址：www.zjwycbs.cn
经　　销：浙江省新华书店集团有限公司
制　　版：杭州天一图文制作有限公司
印　　刷：浙江超能印业有限公司
开　　本：880 毫米×1230 毫米　1/32
字　　数：54 千字
印　　张：4
版　　次：2021 年 1 月第 1 版
印　　次：2021 年 1 月第 1 次印刷
书　　号：ISBN 978-7-5339-6043-8
定　　价：**28.00 元**

（如有印、装质量问题，请寄承印单位调换）